AF320888

B. LEBRETON & E. SOUDANT

LA GOSSE

TABLEAU POPULAIRE EN UN ACTE

Représenté pour la première fois au CONCERT DE L'ÉPOQUE

Le 15 Mai 1902

3 H. 2 F.

VISA DU 24 AVRIL 1902

PARIS

C. JOUBERT, Éditeur, 25, rue d'Hauteville.

Répertoire de la Société Lyrique.

C. JOUBERT, Successeur

ÉDITEUR DE MUSIQUE

PARIS. — 25, Rue d'Hauteville, 25. — PARIS

RÉPERTOIRE
DES OUVRAGES DE CONCERT EN UN ACTE

ABRÉVIATIONS : D. Veut dire du répertoire de la Société Dramatique, 8, rue Hippolyte Lebas. — Le surplus appartient au répertoire de la Société Lyrique, 10, rue Chaptal.

LOC. Veut dire : La musique n'est qu'en location et ne se vend pas.

Opérettes et Vaudevilles

AUTEURS	TITRES DES ŒUVRES	Hommes.	Femm	Prix nets
Saint-Maurice	Abricot (L') d	troupe	»	loc.
D. Campisiano	Absalon	2	1	6 »
Guillemaud	Adrien n'aime pas le Piano	3	1	loc.
Vallès-Garnier	Affaire Cœurdeveau (L')	5	1	loc.
St-Paul-G. Rose fils	Agence est au-dessus (L')	3	3	3 »
F. Bernicat	Agence Rabourdin (L')	1	1	5 »
Moreau	Ah ! c'te Veine d	7	7	loc.
Japy	A huitaine	troupe	»	5 »
C. Roland	Aiguilleur (L') d	1	1	loc.
Bessière	A la Caserne	6	2	loc.
Lebreton-Bonvet	A la légion étrangère d	troupe	»	loc.
L. Bouvet	Ami Chambardel (L')	3	1	loc.
Bessière-Ruffier	Ami Vandière (L') d	7	6	loc.
Lebreton	Amour à coups de poings (L')	2	2	loc.
Lebreton-St-Paul	Amour en dentelles (L')	2	2	loc.
G. Street	Amour en livrée (L')	3	1	5 »
Desormes	Amour et l'appétit (L')	1	1	4 »
Vallès-Garnier	Amour et sauvetage	3	2	loc.
A. Petit	Amoureux d'Yvonne (Les) d	5	3	5 »
V. Roger	Amour Quinze-Vingt (L')	3	1	4 »
Pottin, Boulay-Layrice	Amours d'un piston (Les)	3	2	loc.
M. Gribinski	Annonce (L')	3	3	loc.
Desormes	Antoine et Cléopâtre d	2	1	4 »
Bessier-Moreau	Aphrodites (Les) d	4	8	loc.
Dorfeuil-Moreau	Après la vie de Bohême d	troupe	»	loc.
L. Bouvet	A propos de bottes	2	r	loc.
J. Emmecé	A qui le gosse ?	troupe	»	loc.
Monnery-Marien	Argot tel qu'on le parle (L)	5	3	loc.
M. Chantagne	Arracheuse de dents (L')	2	1	4 »
Marc Sonal	Arrêts de rigueur	1	1	loc.
Dourel, Roydel, Monjardin	Artistes pour rire d	6	4	loc.
Géraldy	Ascension du Mont-Blanc (L')	1	1	4 »
L. Martin-Duhem	Auberge du Tambour battant (L')	2	2	loc.
Oudot-de Gorsse	Au Chat qui pelote d	troupe	»	loc.
Banès	Au Coq huppé	3	2	5 »
Uzès	Au soleil d'or d	3	2	6 »
Lebreton-Moreau	Au temps des cerises d	5	3	loc.
Guérineau	Auteur par amour	1	2	5 »
Lebreton-Moreau	Autour d'une guérite d	3	2	loc.
Henry Moreau	Avant le bal	1	1	3 »
L. Rivaux et G. Dubreuil	Avarié du Mardi-Gras (L')	3	2	loc.
Colange, Garofalo, Cembret	Baba Bouzouck d	5	6	loc.
Deransart	Baigneur et nageuse	1	1	3 »
Antigeon, Dourel-Roydel	Baigneuses de Cocotteville (les)	5	9	loc.
Moreau	Balayeur de chez Maxim's (Le) d	7	8	loc.
Rose fils et Ryvez	Banquier malgré lui	3	3	loc.
Leserre	Barbe-Bleue	1	»	2 »
L. Moche	Baronne	2	1	loc.
Raicée-Tranchant	Bataillon Desroches (Le) d	10	10	loc.
Antigeon-Desplau	Battage (Le) d	2	1	loc.
A. Moyne	Béguin d	2	1	loc.
Mestre-Aubry	Belle Dinde (La) d	9	11	loc.
De Marsan	Belle-mère apprivoisée (La)	4	3	loc.
Lebreton-St-Paul	Belle-mère est sans pitié (La)	2	2	loc.
Wachs	Bibi ou l'Enfant de l'Amour	1	1	4 »
L. Lebreton, L. Mars	Bon billet de logement (Le)	7	6	loc.
F. Bouvet-M. Muffat	Bonne nuit Tardiveau	3 ou 2	2 ou 1	loc.
E. Bessière	Bonsoir !!!	1	1	loc.
Cellier-Joullot	Boudoir discret	2	1	loc.
Moreau-Gramet	Bougnol et Bougnol	4	2	loc.
Villebichot	Boum ! Servez chaud	3	2	4 »
Hubans	Brelan de bègues	2	1	5 »

AUTEURS	TITRES DES ŒUVRES	Hommes.	Femm	Prix net.
F. Bernicat	Cadets de Gascogne (Les)	troupe	»	7 »
Banès	Cadiguette (La)	1	1	5 »
Saint-Paul	Cage de l'Oncle Tom (La)	3	2	loc.
Lebreton	Caïn	3	2	loc.
Javelot	Calino amoureux	2	1	3 »
Lebreton et Soudant	Camelots (Les)	6	5	loc.
Chevalet-Audray	Canne d'un grand homme (La) d	2	2	loc.
Lebreton-Moreau	Ça porte bonheur	5	3	loc.
V. Herpin	Capricorne (Le)	troupe	»	loc.
F. Barbier	Carmagnole (La)	3	3	5
Lebreton-Moreau	Carnaval conjugal (Le) d	9	9	loc.
A. Berthon	Carnaval des 4 z'arts	6	2	loc.
Levavasseur	Carte de visite (La)	3	3	loc.
Autigeon-Desplan	Cascadin et Cie	6	5	loc.
Chaband, Colonge Tranchant	Ce pauvre Bobinet	2	1	loc.
De Marsan	Ce Sacré Narcisse	4	4	loc.
E. Soudant	Ces canailles de couturières! d	6	6	loc.
Chelu	Chambre à louer	1	1	2
Cuvillier	Chambre à part d	4	2	loc.
Henry Moreau	Chambre de bonne d	3	2	loc.
L. Bouvet	Chanson de Floreutin (La)	3	2	loc.
V. Roger	Chanson des Ecus (La)	3	1	4 »
P. Henrion	Chanteuse par amour (La) d	»	1	6 »
E. André	Chaos (Le)	1	1	4 »
Moreau-Boucherat	Chasse royale d	troupe	»	loc.
Lebreton-Moreau	Chasseurs Alpins (Les) d	6	6	loc.
Cieutat	Chaste Suzanne (La) d	troupe	»	loc.
H. Gilbert	Chaste Suzanne			loc.
Yvel	Chéri des Dames	4	2	loc.
Dourel, Roydel, E. René	Chevalier Tric-Trac (Le)	2	8	loc.
Dourel-Roydel	Chez la Costumière d	troupe	»	loc.
Meynard	Chez le dentiste	3	1	3 »
Lhuillier	Chez les Corniquet	1	»	1 »
C. Rosenquest	Chicard et Bébé	1	1	4 »
Bomier	Chien et Chat d	4	1	5 »
Boulay-Layrice	Choc en retour d	2	2	loc.
L. Bouvet	Cinq à sept de chez Pétrone (Les)	6	4	loc.
Moreau-Gramet	Cinq contre un	3	3	loc.
L. Bouvet-F. Muffat	Cinq sous de Lavarenne (Les)	4	3	loc.
E. Brasseur-L.T.	Circulaire du Préfet (La)	6	2	loc.
Villebichot	Cirque Ponger's (Le)	troupe	»	6 »
L. Bouvet	Clémence d'Auguste (La)	2	1	loc.
Bessière	Clou (Le)	2	2	loc.
L. Collin	Coco Bel-Œil	3	1	6 »
A. Petit	Cocotte et chiffonnier	1	1	5 »
L. Bouvet	Codicille (Le)	4	4	loc.
Villemer, Delormel, Péricaud	Colosse de Rhodes (Le)	9	»	4 »
A. Petit	Confections pour dames	2	4	5 »
L. Bouvet-Schmoll	Congrès des Cocottes (Le)	5	7	loc.
G. Touze H. Barbé	Conquêtes difficiles	3	1	loc.
Lebreton-Moreau	Conscrits bretons (Les) d	7	5	loc.
L. Collin	Conscrit tyrolien (Le)	1	1	3 »
E. Brasseur	Constat d'adultère d	6	3	3 »
Habrekorn et P. Marc	Contes de Piron (Les)	2	10	loc.
Lebreton-Moreau	Contrôleur des Wagons-Bars (Le)	5	3	loc.
Ryvez	Cordon s'il vous plait	3	3	loc.
Lebreton-Moreau	Cote et Cocottes	4	4	3 »
C. Roland	Courroie (La)	2	1	loc.
J. Marc et G. Habrekorn	Course aux pantalons (La) d	6	4	loc.
Habrekorn	Couturière est nu-dessus (La)	2	5	loc.
G. Cellier et E. Joullot	Couverture (La)	4	3	loc.
Mizo et Saintis	Crocodile a des scrupules (Le)	3	3	loc.

LA GOSSE

B. LEBRETON & E. SOUDANT

LA GOSSE

TABLEAU POPULAIRE EN UN ACTE

Représenté pour la première fois au CONCERT DE L'ÉPOQUE

Le 15 Mai 1902

3.H. 2 F.

Visa du 24 Avril 1902

PARIS

C. JOUBERT, Éditeur, 25, rue d'Hauteville.

Répertoire de la Société Lyrique.

RÉPERTOIRE B. LEBRETON

Pièces en un Acte

Chez M. JOUBERT, Éditeur, 25, rue d'Hauteville, 25, PARIS

A LA SOCIÉTÉ DRAMATIQUE

Agence PELLERIN, 8, rue Hippolyte-Lebas.

Les Joies du Divorce............	6 h.	7 f.
Gueule d'Or	6 —	6 —
Enragés ....(avec J. Duroc)	4 —	4 —
Soir de Noce......	4 —	4 —
L'Entresol d'Eugène...........	4 —	6 —
Faut que j'casse la g... à Baptiste.	5 —	2 —
Hôtel d'Artistes..........	6 —	6 —
L'Hôtel de Noblepanne........	4 —	4 —
L'Enfant des Halles (avec H. Moreau)	3 —	2 —
Autour d'une guérite....... —	3 —	2 —
Trio de troupiers......... —	5 —	2 —
Les Farces du printemps... —	5 —	3 —
Les Volontaires de 92...... —	4 —	2 —
Friquet.. .... —	7 —	5 —
Les Chasseurs alpins....... —	6 —	6 —
Les Treize jours d'un Parisien —	8 —	6 —
Les Amoureux d'Yvonne... —	4 —	2 —
Miss Kissmy............. —	5 —	3 —
Au Temps des Cerises...... —	5 —	3 —
La Petite Colonelle........ —	5 —	3 —
Nos Voisins .... —	6 —	6 —
Dans cent ans .... —	11 —	11 —
Carnaval conjugal.. ...... —	9 —	9 —
La Fille du Marin......... —	8 —	7 —
Les Trois Maçons......... —	4 —	2 —
L'Héritière des Carapattas.. —	8 —	8 —
Les Jocrisses du mariage.. —	6 —	6 —
Les Conscrits bretons...... —	7 —	5 —
Monsieur Sans-Gêne....... —	6 —	6 —
Le 13ᵉ Spahis............ —	8 —	9 —
Les Petites Ménichon..... —	8 —	10 —
Le Fils à Papa............ —	4 —	6 —
Les Vierges du Chahut.. .. —	5 —	10 —
La Petite Baronne........ —	6 —	9 —
Le Signe de Léda......... —	8 —	8 —
Par la Gymnastique(avec A. Lambert)	2 —	2 —
Terre-Neuve. . . —	4 —	4 —
La Grenouille. (avec E. Blairat).	4 —	2 —
Une Consultation .... —	4 h.	3 f.
L'Homme pâle........... —	4 —	2 —
Les Invalides du Mariage.. —	7 —	6 —
Ninie la Rouquine........ —	5 —	3 —

Les Filles de la Cantinière (E. Soudant)	7 —	4 —
J'épouse ma bonne........ —	5 —	4 —
La Foire aux nichons.(avec Talber)	7 —	7 —
La Frangine..... (avec Beissier)	7 —	6 —
Nos Marsouins. ...... —	6 —	4 —
Les 3 Cousins (avec J. Lebreton)	5 —	3 —
A la Légion Étrangère (avec Bouvet)	6 —	3 —

A LA SOCIÉTÉ LYRIQUE
10, rue Chaptal.

Mˡˡᵉ Baïonnette............ —	3 —	3 —
Caïn.	3 —	2 —
L'Amour à coups de poings. .	2 —	2 —
Les Filles du Charcutier.......	3 —	3 —
La Revue à l'envers	3 —	4 —
4 Hommes et un Caporal	5 —	3 —
Le Petit Factionnaire........	4 —	3 —
Un Mauvais Conscrit (avec Henry Moreau)	1 —	1 —
Les Noces d'or......... —	2 —	1 —
Cocote et Cocotte.......... —	4 —	4 —
La Vocation d'Isoline....... —	1 —	2 —
Le Frère de lait .... —	1 —	2 —
Nourrices et Troubades.... —	4 —	4 —
Soldat............... —	5 —	5 —
Les Petits Zouzous........ —	8 —	8 —
Le Contrôleur des Wagons-Bars	5 —	3 —
Ça porte bonheur !......... —	5 —	3 —
Fils de Gouape........... —	4 —	4 —
Les Trois Gosses (avec de Téramond)	4 —	4 —
Le Serment du marin (avec E. Soudant)	4 —	2 —
Les Camelots. . . . —	6 —	5 —
La Gosse.............. —	3 —	2 —
Le Truc du Pharmacien (A. Lambert)	4 —	1 —
Le Piston de Clémentine (avec Beissier)	3 —	2 —
Le drapeau du Régiment (av. Bouvet)	5 —	3 —
Gontran se marie (avec Saint-Paul)	3 —	2 —
La Belle-Mère est sans pitié. —	2 —	2 —
Vingt-cinq minutes d'arrêt . —	2 —	2 —
Une Rosserie. . . . —	2 —	2 —
Le Péril Jaune . . . . —	2 —	2 —
L'Amour en dentelles . —	2 —	2 —
Mˡˡᵉ le Docteur. . . —	3 —	2 —
Pour qui votait-on ? —	4 —	2 —
Les Singeries de l'amour. —	5 —	5 —
Un oncle pour deux . . —	3 —	2 —
La Tisane des Boërs (av. Blairat)	4 —	2 —

LA GOSSE

TABLEAU POPULAIRE EN UN ACTE

de MM. B. LEBRETON & E. SOUDANT

PERSONNAGES

JULES DENYS, ouvrier peintre, 18 ans	MM. Choof.
EDOUARD BEURIOT, mécanicien, contre-maître, 40 ans . . .	Delattre.
ALPHONSE MICHON, id. 35 ans.	Laurysse.
JEANNE, fille de Beuriot 15 ans	Mmes D. Gil.
ROSALIE, épouse de Beuriot 30 ans	Brissac.

L'Action se passe à Paris, de nos jours.

Une salle à manger d'ouvriers. Au fond, porte donnant sur l'escalier. A gauche 1er plan, une fenêtre ; 2e plan, porte de la cuisine. A droite, la chambre à coucher. Une table à droite, chaises. Devant la fenêtre, une corde à nœuds est suspendue au-dehors.

SCÈNE I

Édouard, Julot, *au-dehors.*

(*Au lever du rideau, on entend Julot chanter au-dehors*).

Julot, *chantant à pleine voix.*

Le vent souffle dans les ramures,
Dans les genêts, dans les sentiers ;
Entendez-vous ces doux murmures,
Ces doux murmures.
C'est la chanson des peupliers ! (*bis*).

Edouard, *sortant de droite en mettant son veston.*

Qui diable braille ainsi à pareille heure ? Déjà un chanteur dans la cour ? (*Regardant à la fenêtre*) Mais non, c'est le badigeonneur. (*Criant*) Eh la coterie !...

Julot, *qui n'a pas cessé de chanter, répondant du dehors.*

Quoi qu'y a ?

Edouard, *à la fenêtre.*

Eh bien, mon vieux, faudrait voir à ne pas chanter si matin.

Julot

De quoi ! à 7 heures on n'a pas le droit ?...

Edouard

Si on a le droit... Seulement, il y a des personnes que ça gêne : celles qui dorment !

Julot

Oh ! là là ! des rentiers, des flâneurs...

Edouard

Voyons, on peut avoir besoin de roupiller sans être pour ça un flâneur, y a des gens qui sont fatigués et qui ont besoin de se reposer.

Julot

Compris, bourgeois. Du moment que ça vous offusque, on boucle !

Edouard

Merci ! (*Il s'éloigne de la fenêtre.*)

Julot

Eh ! dites donc ?...

Edouard, *revenant à la fenêtre.*

Quoi ?

Julot

C'est pas toute la journée, au moins, qu'il faudra remiser mes chansons ?

Edouard

Oh ! non, seulement ce matin !

Julot

Tant mieux ! Parce que moi, quand je n'chante pas, j'suis malade !

Edouard

Au revoir.

Julot

A la revoyure.

SCÈNE II

Edouard, *seul, descendant.*

Il est amusant, le peintre, il est gai. Il a rudement raison ! La gaîté, c'est la santé, dit le proverbe. En attendant, avec sa romance, il m'a fait oublier l'heure de l'atelier... Et Jeanne qui ne m'apporte pas mon café ! Je suis déjà en retard. *(Appelant du côté de la cuisine.)* Jeanne !

Jeanne, *répondant de la cuisine.*

Voilà, père.

Edouard

Et, mon café ?

Jeanne. *sortant de la cuisine, elle porte une tasse de café.*

Je l'apporte. Excuse-moi ; ce matin, le feu ne voulait pas prendre.

SCÈNE III

Edouard, Jeanne.

Jeanne, *l'embrassant.*

Bonjour, père.

Edouard, *s'asseyant et prenant son café.*

Bonjour, ma chérie. Tu as bien dormi ?

Jeanne

Oui.

Edouard

Moi, j'ai dormi comme une marmotte, au point que je me suis éveillé trop tard. Le patron va me fiche une heure par terre, c'est certain !

Jeanne

Alors, tu t'es bien amusé, hier ?

Edouard

Pour sûr ! nous avons été jusqu'à Viroflay, par les bois... pourquoi n'as-tu pas voulu venir avec nous ? Ce que ta mère s'est amusée !..

Jeanne, *baissant la tête.*

Maman !..

Edouard

Eh bien, qu'as-tu ?

Jeanne

Rien !..

Edouard

Je vois bien que si !

Jeanne. *hésitant.*

Dame, ça me fait toujours quelque chose quand je t'entends appeler : « mère » madame Rosalie.

Edouard

Voyons, ma Jeannette, tu n'es plus une enfant, et si je te prie d'appeler ainsi celle qui est devenue ma femme, c'est pour...

Jeanne, *l'interrompant.*

Pour lui faire plaisir, que veux-tu, père, c'est plus fort que moi... je ne peux pas ! Quand je suis revenue du couvent où tu m'avais mise, à la mort de maman... je croyais te trouver seul... au lieu de cela, tu m'as présenté une autre femme en me disant : « Aime-la comme ta mère ! » J'ai fait tout mon possible pour cela, papa, je te le jure ! *(Pleurant)* Mais je ne peux pas oublier maman, je ne peux pas !..

Edouard, *la prenant dans ses bras.*

Ma pauvre Jeannette !.. voyons Rosalie, n'est pourtant pas méchante avec toi ? *(Jeanne baisse la tête sans répondre).* C'est que si elle te rendait malheureuse, il faudrait me le dire... certes, cela me ferait un gros chagrin !

Jeanne

Ah !..

Edouard

Mais ton bonheur avant tout ! Du reste, sois tranquille, ce soir, quand je rentrerai dîner, je parlerai à Rosalie.

Jeanne, *vivement.*

Je t'en prie, père, ne lui dis rien !

Edouard

Mais si !.. Il faut que la situation soit claire, nous pouvons être très heureux tous les trois. Et pour ça, il ne doit pas y avoir de malentendu entre nous !..

Jeanne

Oh ! il n'y en a pas ! Mme Rosalie est ma belle-mère. Tu l'aimes, c'est tout naturel, mais moi, je ne puis lui donner mon affection.

Edouard, *riant.*

Il le faut cependant ! Que diable, ce n'est pas une marâtre !

Jeanne. *bas.*

Oh ! si !..

Edouard

C'est une honnête femme qui mérite ton estime.

Jeanne

Oh ! père, je ne dis pas...

Edouard

Allons, c'est bon, ne parlons plus de cela, autrement je me fâcherai !

Jeanne. *avec tristesse.*

Ah !.. (*On entend frapper à la porte.*)

Edouard

Qui donc vient si tôt ?

SCÈNE IV

Edouard, Jeanne, Alphonse.

Jeanne, *qui a été ouvrir.*

C'est Monsieur Michon. (*Pendant cette scène elle porte la tasse vide à la cuisine. Elle range le ménage, puis disparaît.*)

Edouard, *surpris.*

Ah ! bah !..

Alphonse, *gêné, à part.*

Cristi ! le mari ! (*Haut*) Oui, c'est moi... en passant, je me suis dit : Tiens, je vais voir si l'ami Beuriot n'est pas parti à l'atelier.

Edouard

Mon cher, tu arrives bien, j'allais filer.

Alphonse

Tant mieux, j'ai un service à te demander. Ce matin, ça ne va pas... je suis un peu patraque...

Edouard, *riant.*

Ah ! ah ! tu as mal aux cheveux ?

Alphonse

Parole... un peu de froid pincé à l'atelier, il y a des sacrés courants d'air... Alors je voulais te prévenir que je ne travaillerai pas aujourd'hui.

Edouard

Tu as une fête à souhaiter ?

Alphonse

Non.

Edouard

Farceur ! Tu veux fêter la Saint-Lundi !

Alphonse

Oh ! ce n'est pas dans mes habitudes.

Edouard

Allons donc ! ça t'arrive trois fois par mois !

Alphonse

Tu crois ?.. Enfin, comme tu es le contre-maître...

Edouard

Non ! non ! je ne veux rien savoir !... Viens à l'atelier, tu t'arrangeras avec le patron...

Alphonse, *se grattant l'oreille.*

Justement, voilà... je voulais éviter de le voir... je suis malade, alors...

Edouard

Mon vieux, quand on est si malade que ça, on reste chez soi, et on ne met pas ses frusques du dimanche.

Alphonse, *riant.*

Allons, il n'y a pas moyen de te monter le coup !

Edouard, *bas.*

Tu veux aller te balader avec ta connaissance, hein ?

Alphonse, *riant.*

Oh ! ce que tu la connais dans les coins !

Edouard

C'est bien pour ça que je ne veux pas me compromettre pour toi. Encore une fois, viens à l'atelier !

Alphonse

Zut ! c'est embêtant ! (*A part, remontant un peu.*) Où est donc Rosalie ? (*La voyant entrer.*) Chouette ! la v'là !..

SCENE V

Edouard, Alphonse, Rosalie.

Rosalie, *entrant à Edouard.*

Comment encore ici, paresseux ? (*Voyant Alphonse*) Monsieur Michon, par quel hasard?

Edouard

Figure-toi que cet animal prétend qu'il est malade !

Alphonse

Pour sûr !..

Edouard

Allons donc, c'est une blague !

Rosalie

Qu'en sais-tu ?

Edouard

Il voudrait tirer une carotte !

Rosalie

Oh ! je crois M. Michon incapable de se servir de ces petits moyens !

Alphonse

Parbleu !

Edouard

Possible, mais moi j' lui dis de venir voir le patron ; il s'arrangera avec lui.

Alphonse

C'est qu'il n'est pas toujours facile, le singe !

Rosalie, *à Alphonse.*

Enfin, allez-y !

Alphonse

Faut bien !

Edouard

Et ne perdons pas de temps, nous sommes déjà rudement en retard !.. Où donc est Jeanne ? que je lui dise au revoir. (*Il remonte.*)

Rosalie, *bas à Alphonse.*

A tout à l'heure !

Alphonse. *de même.*

Convenu !

Edouard, *à la porte de la cuisine.*

Jeanne, je pars.

SCÈNE VI

Les Mêmes, Jeanne.

Jeanne, *entrant.*

Attends, père, que je t'embrasse.

Edouard, *riant.*

C'est bien ce que je demandais. (*Jeanne l'embrasse.*)

Rosalie

Eh là ! pas tant de fricassée de museaux !

Jeanne, *s'éloignant de son père.*

Ah !..

Edouard

Voyons, elle peut bien m'embrasser, cette petite !

Rosalie

Tant que ça ? devant le monde ?.. c'est des chichis !..

Jeanne

Oh ! père, ne crois pas...

Edouard

Mais je ne crois rien du tout ! je sais que tu es une bonne petite fille qui m'aime bien ! (*Il la prend dans ses bras.*)

Jeanne, *bas.*

Tu vois, père, tu vois !...

Edouard, *de même.*

Tranquillise-toi, je lui parlerai ce soir. Quand nous serons entre nous.

Jeanne

Oh ! non ! je t'en prie !...

Edouard, *à Alphonse.*

Allons, en route, flâneur !

Rosalie, *embrassant Edouard avec affectation.*

Au revoir, mon homme chéri !

Edouard

A ce soir !

Alphonse

Au revoir, madame Beuriot.

Rosalie

Au revoir, monsieur Michon. Attendez, je descends avec vous ; j'ai à parler à la concierge. (*Ils sortent.*)

SCÈNE VII

Jeanne, *puis* **Julot.**

Jeanne, seule, les regardant partir.

Dire qu'elle n'accompagne papa que pour m'empêcher de le faire.

Julot, chantant au dehors.

Ma p'tite Michette.
Fais-moi risette ;
Voilà l' printemps qui nous sourit,
Embrass' ton p'tit mari chéri.
Tu sais que j' t'aime
Plus que moi-même !
Allons, viens m' faire un' grosse bisette,
Ma petit' Michette !

Jeanne, regardant à la fenêtre.

Il est bien heureux, il chante, lui !... moi aussi, j'aimerais chanter... mais j'ai le cœur trop gros !...

SCENE VIII

Jeanne, Rosalie.

Rosalie, entrant.

Je t'y prends encore à faire de l'œil aux peintres !

Jeanne

Moi ?

Rosalie

A-t-on jamais vu une morveuse pareille !.. Quinze ans ! Ça se croit jolie avec sa figure de papier mâché ! Dépêche-toi de faire ton ouvrage. (*Jeanne ne répond rien.*) Et surtout n'aie pas l'air de ricaner !

Jeanne

Mais, madame, je ne ricane pas !

Rosalie

Madame !.. Appelle-moi maman. Et tutoie-moi comme si tu parlais à ta vraie mère !

Jeanne

On ne tutoie que les gens que l'on aime !

Rosalie

Hein ?

Jeanne

Ma mère était bonne, me parlait toujours avec douceur... tandis que vous... vous me faites toujours pleurer !.. Ah ! si papa...

Rosalie

Si jamais tu lui dis quelque chose sur mon compte... Prends-garde !

Jeanne

Je ne dirai rien, madame !

Rosalie

Madame !.. Encore ?. Oh ! la peste !.. Tiens, file à la cuisine, car je sens que je ne pourrais me retenir !..

Jeanne

Encore à la cuisine ?..

Rosalie

C'est là ta place, souillon !

Jeanne. à part.

Oh ! je ne veux pas pleurer devant elle, elle serait trop contente ! (*Elle entre dans la cuisine.*)

SÈCNE IX

Rosalie, *puis* **Julot**

Rosalie, seule.

C'est égal, j'en ai eu une idée le jour où j'ai pris un homme qui avait une gosse... Et surtout une gosse sournoise comme celle-ci !..

Julot, chantant au dehors.

Au pas, camarades, au pas,
La route est belle !
Y aura du frichti là-bas
Dans la gamelle !..
On acclame les enfants
D' la Franc' qui passe!
Conscrits ou soldat d' la classe,
Marchons crân'ment !..

Rosalie, pendant que Julot chante.

Oh ! mais il est embêtant, le peintre ! Nous ne sommes pas au concert, ici ! (*allant à la fenêtre*) Dites-donc, vous n'avez pas fini de nous casser la tête ?

Julot, du dehors.

De quoi ? Madame a la migraine ?

Rosalie

Non mais je vais l'avoir si vous continuez de beugler !

Julot

Beugler !.. mais c'est les veaux qui beuglent !..
Vous n'êtes pas polie, la petite mère !

Rosalie

Faut-il prendre des mitaines pour vous parler ?

Julot

Pas besoin... seulement, vous savez, on pour-
rait vous répondre sur le même ton !

Rosalie

Essayez donc, et je me plaindrai à votre patron !

Julot

Il ne me fichera pas le fouet, je suppose ?

Rosalie

Et puis en voilà assez, hein ?

Julot

Oh ! là là ! si ça ne fait pas transpirer !

SCÈNE X

Rosalie, Alphonse.

Rosalie

En voilà un mal élevé ! un goujat !..

Alphonse, *entrant.*

Bonjour, madame Beuriot.

Rosalie, *avec joie.*

Lui ! Enfin !..

Alphonse

A qui en avez-vous donc !

Rosalie

Un mauvais badigeonneur qui est d'une inso-
lence...

Alphonse

Attendez, je vais le secouer un peu.

Rosalie, *l'arrêtant.*

Laissez-le... je lui ai dit ce que je pensais ! (*Bas)*
Enfin, te voilà ! .

Alphonse, *de même.*

La gosse ?

Rosalie, *bas, montrant la cuisine.*

Elle est là !

Alphonse

Bon ! (*Haut.* Madame Beuriot, j'ai la permis-
sion du patron... et comme vous avez parlé pour
moi à votre mari, je viens vous en remercier.

Rosalie, *haut.*

Alors vous allez vous reposer ?

Alphonse

Et vivement ! (*Bas)* En allant me balader à la
campagne avec une gentille petite femme. (*Il lui
prend la taille.)*

Rosalie, *se défendant mollement.*

Finis, Alphonse, tu vas me décoiffer... si
Edouard rentrait. .

Alphonse

Ton homme !.. Laisse-le donc où il est !... A
l'atelier, quand on est contre-maître, faut bien
faire le mariole, jouer à l'important !.. pour em-
bêter les camarades ! On file déjeûner à Bagnolet ?..

Rosalie

Pour te plaire, que ne ferait ta Rose qui t'aime
de tout son cœur ?

Alphonse, *gêné.*

J'y pense... il y a un cheveu... ça peut coûter
cher, et je t'avouerai que je suis presque fauché !

Rosalie

Qui te demande quelque chose ? N'ai-je pas ma
bourse particulière... ma cachette ?.. avec vingt
francs, on aura assez ?

Alphonse

Certainement... on ne dépensera pas tout !

Rosalie

Maintenant, faut que je conte une blague à la
gosse pour expliquer ma sortie.

Alphonse

Il n'y a pas de danger qu'elle ne mange le morceau ?

Rosalie

Ah ! bien ouitche ! Elle a bien trop peur de moi!

Alphonse

Mais, des fois qu'elle confierait à son dab que nous sommes sortis ensemble... Lui, qui me croit malade...

Rosalie

Oh ! là là !.. il avale tout ce que je lui dis... *(Riant.)* Je parierais que s'il nous surprenait à nous embrasser, il ne dirait rien !..

Alphonse

Ça, tu sais, j'aime mieux le croire que d'y aller voir !

Rosalie

Aurais-tu peur de lui ?

Alphonse

Moi ?.. non !.. un coup de torchon de plus ou de moins. . Mais, un mari qui vous surprend avec sa femme au domicile conjugal, la loi lui donne toujours raison !

Rosalie

Capon !.. Enfin, file, que j'appelle la gosse !

Alphonse, *remontant.*

Compris !..

Rosalie

Trop tard !.. *(Jeanne entre.)*

Jeanne, *voyant Alphonse.*

Monsieur Alphonse ici ?

Rosalie

Eh bien ! qu'est-ce que ça a de drôle ?

Alphonse, *gêné, à Jeanne.*

Je vais vous dire... madame Beuriot ayant...

SCÈNE XI

Alphonse, Rosalie, Jeanne.

Rosalie

Ah ! ne lui donnez pas d'explications, hein ? *(A Jeanne.)* Je sors, tu vas garder la maison.

Jeanne, *surprise.*

Ah !.. Bien, madame.

Rosalie

Madame... encore !.. Ma petite, pour t'apprendre à m'appeler madame, tu déjeuneras avec le pain dur qui reste.

Alphonse

Il me semble que...

Rosalie

Vous, mêlez-vous de ce qui vous regarde ! Vous n'allez pas défendre cette paresseuse !..

Jeanne

Paresseuse ?

Rosalie

Oui, paresseuse.. qu'est-ce que tu fais ici ?.. Rien !.. Et pour t'apprendre à me répondre, tu te passeras de vin. Il y a de l'eau dans la fontaine !

Jeanne

Bien, madame.

Rosalie

Encore ? je sors .. je cognerais dessus ! *(A Jeanne.)* Ecoute, si ton père revenait...

Alphonse, *bas.*

Est-ce que vous croyez ?..

Rosalie, *de même.*

Ça ne lui arrive jamais, mais enfin... on ne saurait trop prendre de précautions... *(Haut à Jeanne.)* Tu lui diras que je suis allée chez ma sœur. . Inutile de lui raconter que monsieur Alphonse est venu nous rendre visite... Tu entends, gare à toi, la gosse ! pas un mot à ton père, sinon... Monsieur Alphonse, vous m'accompagnez un bout de chemin ?

Alphonse

Mais comment donc, madame Beuriot, avec vous, j'irais jusqu'en Chine !

Rosalie

Flatteur !.. *(Ils sortent par le fond.)*

SCÈNE XII

Jeanne, *seule.*

La voilà partie ! Quel bonheur !.. je ne suis heureuse que lorsqu'elle n'est pas là !.. « Pas un mot à ton père ! » Je crois bien que je ne lui dirai rien !.. Pauvre papa !.. ce qu'elle lui en fait voir de grises !.. Et pourtant, qui gagne l'argent ici ?.. c'est lui !.. Malgré cela, il n'a pas le droit de dire quelque chose et je suis traitée en servante !.. Ah ! mais, quand je serai plus grande. ,

j'irai travailler en atelier, gagner de l'argent...
beaucoup... beaucoup d'argent... trente sous par
jour !.. *Elle va au buffet, l'ouvre.*) Si je déjeu-
nais ?.. Ah ! il y a un peu de fromage. Si elle
savait cela, ce que belle-maman bisquerait !..
Tiens, je vais prendre son verre, je boirai dedans.
Un couteau... mon pain .. la carafe... à table ! .
(*Elle étale son fromage sur son pain. On voit la
corde du fond remuer, et l'on entend Julot chanter. Jeanne mangeant avec appétit.*) C'est bon,
le fromage, quand on a faim !.. Ce n'est pas
pour dire, mais j'aime encore mieux manger
seule qu'en compagnie de monsieur Alphonse.

(*Julot paraît à la fenêtre.*)

SCÈNE XIII

Jeanne, Julot.

Julot, à la fenêtre.

Eh bien ! Mademoiselle, on se les cale ?

Jeanne, sursautant.

Ah ! vous m'avez fait peur !...

Julot

Peur !... je vous demande pardon !... Vous
permettez que j'entre... depuis ce matin que je
suis suspendu. . je commence à en avoir assez !...
(*Il enjambe l'appui et pénètre dans la chambre*).

Jeanne, surprise.

Que faites-vous ?

Julot

Vous le voyez, j'entre... histoire de me dérouil-
ler les jambes !...

Jeanne, avec crainte.

Allez-vous en ! Si ma belle-mère rentrait, elle
me battrait.

Julot

Elle vous batterait ?... C'est donc une méchante
femme ?

Jeanne

Oh ! oui !...

Julot, qui va à la fenêtre,

Rassurez-vous... je peins la fenêtre, c'est mon
travail ; elle n'a rien à dire.

Jeanne

J'aime mieux cela !

Julot, travaillant.

Comment, vous buvez de l'eau ?... moi, depuis
que je suis ouvrier, je n'en bois plus ! Le jus de
grenouilles. c'est comme le blanc de céruse, ça
donne des coliques ! (*A part*) Elle n'a pas l'air de
manger trop gras... la misère, sans doute ?... si
j'osais ?... oui !... (*Il enjambe la barre d'appui
de la fenêtre*).

Jeanne

Vous partez déjà ?

Julot

J'ai oublié quelque chose en bas. je remonte de
suite. (*Julot s'accroche à sa corde, disparaît en
descendant*).

SCÈNE XIV

Jeanne, seule, allant à la fenêtre.

Ce qu'il descend vite... on dirait un singe !..
(*Revenant vers sa table, rêveuse*) Il est gentil...
il a des yeux moins méchants que ceux de ma
belle-mère !.. Il trouve drôle que je ne boive que
de l'eau... les soldats en boivent bien de l'eau...
et pendant trois ans encore !.. Je peux bien en
boire aussi !.. (*Elle se remet à manger*) Allons,
bon ! J'ai encore du pain, mais je n'ai plus de
fromage !.. (*Julot reparaît, les poches gonflées par
une bouteille et un petit paquet*).

SCÈNE XV

Julot, Jeanne.

Julot

Me revoilà !..

Jeanne

Ce que vous avez été vite !

Julot

J'avais oublié mon mouchoir... comme j'ai pas
l'habitude de me moucher avec les doigts, je suis
descendu le chercher. Alors, ça marche toujours
l'appétit ?

Jeanne

Ça boulotte !

*Julot, semblant écouter. tout en sortant peu à peu
les paquets de ses poches.*

On dirait qu'on a frappé...

Jeanne, *effrayée*.

On a frappé ?.. allez-vous en vite !.. si on vous voyait ici, on me battrait !..

Julot

N'ayez donc pas peur, puisque je nettoie la fenêtre !.. Au fait, j'ai peut-être mal entendu !..

Jeanne, *allant à pas de loup jusqu'à la porte.*

Je vais m'en assurer !..

Julot

Vous avez raison ! (*A part*) C'est le moment !.. (*Vivement, il place la bouteille de vin sur la table ainsi qu'une cuisse de poulet qu'il pose dans l'assiette de Jeanne. Il regagne vivement la fenêtre qu'il se met à peindre tout en sifflant.*)

Jeanne. *revenant*

Il n'a personne !.. ce que j'ai eu peur !.. (*Apercevant les objets posés par Julot sur la table*) Que vois-je ! du poulet !.. du vin !.. ah ! je comprends votre malice ! C'est vous qui m'avez surprise ?..

Julot

Eh bien ! oui, là... c'est moi !.. En êtes-vous fâchée ?

Jeanne

Non, je ne suis pas fâchée... au contraire, je suis contente... seulement... si elle rentrait, elle ?

Julot

Qui, elle ? votre mère ?..

Jeanne

Non, ma mère est morte. Celle qui la remplace, qui m'a volé ma place dans le cœur de papa... ma belle-mère.

Julot

Et votre paternel... il ne voit donc pas ?

Jeanne

Quand il est là, elle ne crie jamais après moi... mais dès qu'il est à l'atelier, elle se rattrape.

Julot

Qu'est-ce qu'il fait, votre père ?

Jeanne

Contre-maître dans un atelier de mécaniques ! Et le vôtre ?

Julot, *tristement.*

Le mien ?.. le mien s'est tué il y a deux ans, en tombant d'une échelle !..

Jeanne

Votre mère a dû avoir bien du chagrin ?..

Julot

Elle était partie trois mois avant... d'une maladie de poitrine... Le jour de son enterrement, il y avait de la neige... c'était bien loin le cimetière.. à Saint-Ouen... Mon père, tout le long du chemin, pleura tout le temps !..

Jeanne

Si vous n'avez plus de parents, chez qui habitez-vous ?

Julot

Chez ma grand'mère, une bien brave femme qui m'a élevé... Je lui donne ce que je gagne, car je suis compagnon depuis un mois... Elle me raccommode, me blanchit, me prépare mes repas... mais c'est assez parler de moi !.. Comment vous appelez-vous ?

Jeanne

Ma belle-mère m'appelle toujours la Gosse... mon vrai nom est Jeanne.

Julot

C'est un joli nom !

Jeanne

Et vous ?

Julot

Jules Denys... mais les copains m'appellent Julot. Tout de même, la vie est drôle... si je n'étais pas venu travailler dans cette maison, je ne vous aurais pas rencontrée...

Jeanne

C'est vrai !

Julot

Quel âge avez-vous ?

Jeanne

Quinze ans !..

Julot

Quel dommage !

Jeanne

Pourquoi ?..

Julot

Dame... si vous aviez eu... quelques années de plus...

Jeanne

Eh bien ?

Julot

Eh bien, ma petite Jeanne, je vous aurais demandée en mariage.

Jeanne

Bien sûr ?

Julot

A notre âge, on ne sait pas mentir !.. Ecoutez-moi ! J'ai éprouvé la première fois que je vous ai aperçue à cette fenêtre, un trouble inconnu... votre figure m'était sympathique...

Jeanne

La vôtre aussi, Julot... si vous voulez, il faudra nous revoir !

Julot

C'est ça, je viendrai de temps en temps dans le quartier, le soir, à l'heure où vous faites vos commissions. A deux, on est moins malheureux : on se conte ses peines, ses joies et les ennuis semblent plus faciles à supporter. Mais mangez donc !..

Jeanne

Et vous ?

Julot

Moi... ne vous occupez pas de moi, j'ai de l'argent pour me payer un autre déjeuner !..

Jeanne

Est-ce bien vrai, ce mensonge-là ?

Julot

Si c'est vrai ? pour sûr !..

Jeanne

Tenez, Julot, j'ai confiance en vous ! Dès maintenant, pour sceller notre amitié, on se tutoiera... Voulez vous ?.. Veux-tu ?..

Julot

Si je veux ?... mais, oui ma bonne petite Jeanne... Oh ! laisse-moi t'embrasser ! ce sera notre baiser de fiançailles.

Jeanne, *prêtant l'oreille.*

Ah ! mon Dieu ! sauve-toi... on vient !...

Julot, *près de la fenêtre.*

Compris !... Ne crains rien, on disparait. Au revoir !... (*Il grimpe à sa corde et monte. Entre Rosalie*).

SCÈNE XVI

Rosalie. Jeanne.

Rosalie

Est-ce bête d'oublier ma bourse !... (*Voyant Jeanne*) Ah ! je savais bien que je la surprendrais en train de ne rien faire !... Elle mange déjà ?... Que vois-je ! du vin !... Elle a du vin !...

Jeanne, *craintive.*

Oui... c'est ..

Rosalie

Si tu as du vin, c'est que tu m'en as volé !...

Jeanne

Volé !... je ne suis pas une voleuse !

Rosalie

Du poulet !... Ah je comprends tout ! Tu es allée te plaindre aux voisins qu'on ne te donnait pas à manger. Et les imbéciles croyant à tes mensonges t'ont gavée de victuailles. Maintenant, dans la maison, je vais passer pour un mauvais cœur, une méchante femme !...

Jeanne

Je vous jure que je n'ai pas été chez les voisins !..

Rosalie

Comment expliquerais-tu ces victuailles ?... Aussi, jusqu'à mon retour, je vais t'enfermer dans le cabinet noir. Au moins, je serai sûre que tu n'iras pas potiner !... Attends !... (*Elle va fermer la fenêtre*).

Jeanne

Je vous en prie, laissez-moi ici !

Rosalie, *saisissant Jeanne par le bras et la poussan vers la porte de droite.*

Jamais !...

Jeanne, *suppliante.*

Ah ! non, Madame, ne m'enfermez pas !

Rosalie

Ça t'apprendra à aller mendier chez les voisins ! Allons, viens !... (*A travers les carreaux de la fenêtre, on aperçoit Julot. Rosalie conduit Jeanne vers le cabinet de droite*).

Jeanne, *se débattant.*

Non !... grâce !... pitié ! .. je ne le ferai plus !... Oh ! vous me faites mal !... Papa, défends-moi !... (*Julot casse un carreau de la fenêtre, passe vivement le bras pour tourner l'espagnolette, pousse la fenêtre et saute dans la chambre*).

SCÈNE XVII

Julot, Rosalie, Jeanne

Julot

Ne crains rien, Jeanne, me voici !

Jeanne

Julot !...

Rosalie

Ah ! c'est le petit barbouilleur. Celui qui rôde autour de nos fenêtres. Je comprends tout, c'est l'amoureux de la Gosse ! (*A Julot*) Par où êtes-vous entré ?

Julot

Par la fenêtre, parbleu !...

Rosalie

Il a cassé un carreau pour pénétrer ici ? mais c'est un voleur !...

Jeanne *et* Julot

Un voleur !...

SCÈNE XVIII

Les Mêmes, Alphonse

Alphonse, *entrant.*

Qu'y a-t-il ?

Rosalie

Vous arrivez bien ! Allez chercher un gardien de la paix !...

Alphonse

Pourquoi faire ?

Rosalie

Pour empoigner ce garçon qui vient de me voler !

Jeanne *s'élançant devant Alphonse.*

Ah ! monsieur Alphonse, je vous en prie, ne faites pas arrêter Julot !...

Rosalie

Elle connaît son nom !... Alphonse, puisque nous tenons son amoureux, nous allons leur montrer de quel bois nous nous chauffons !...

Jeanne

Julot, prends garde !..

Julot, *qui pousse Jeanne vers la droite et se place derrière la table faisant face à Rosalie et Alphonse.*

N'aie pas peur ! Ils ne nous tiennent pas encore !.. (*Prenant le couteau qui est sur la table*) Le premier qui cogne, je lui entame la peau avec ce couteau !..

Alphonse, *reculant.*

Diable !..

Rosalie, *à Alphonse.*

Vous n'allez pas rester en affront devant ce moucheron ?

Julot, *montrant son couteau.*

Le moucheron a un aiguillon qui pique !

Alphonse. *à Julot.*

Ferme ton couteau, et tu verras si je ne te casse pas les reins !

Julot

Si je faisais cela, vous m'appelleriez poire !

Jeanne

Tu as raison, Julot, méfie-toi !..

Rosalie

Voyez-vous la gosse qui donne des conseils à son amant !.. Quand ton père connaîtra ta conduite !..

Jeanne

En tout cas, je ne suis pas mariée, moi ! J'ai le droit d'aimer qui me plaît !

Rosalie

Que veux-tu dire ?

Jeanne

Je dis que si papa apprenait que vous recevez Monsieur Alphonse en son absence...

Rosalie

Alphonse, tu entends ? La Gosse nous menace !.. Flanque donc à ces chenapans la correction qu'ils méritent !

Alphonse, *retroussant ses manches.*

Puisque tu y tiens, on va y aller ! Mais... je ne réponds pas de la casse !

Julot, *à Alphonse.*

Toi, si t'avances, je t'applique le revers de mes ribouis sur le museau !.. *(On frappe.)*

Jeanne

On frappe...

Rosalie

Qui vient là ?

Alphonse

Les voisins, pardi ! ils trouvent qu'on fait trop de pétard !..

Rosalie

De quoi se mêlent-ils ? Attends, tu vas voir comme je vais les recevoir ! *(Elle ouvre la porte ; Edouard paraît sur le seuil, pâle, un bandeau sur le front.)* Edouard !..

Alphonse, *reculant à part.*

Ah ! zut ! le contre-maître !

Jeanne, *avec joie.*

Papa !.. Quel bonheur !..

SCÈNE XIX

Alphonse, Rosalie, Edouard, Jeanne, Julot.

Edouard

Que se passe-t-il donc ? pourquoi ces cris ?... Les voisins sont sur le palier à écouter aux portes !...

Rosalie, *à Edouard.*

Serais-tu blessé ? Tu es pâle !..

Edouard

Ne t'occupe pas de moi, ce n'est rien... un boulon de fer m'a frôlé la tête. *(Voyant Alphonse.)* Toi ici ? je te croyais malade !

Alphonse, *embarrassé.*

En effet, je... j'étais... malade... Mais mon mal a disparu, je comptais te trouver chez toi à l'heure du déjeûner.., et je...

Edouard

Mon pauvre Michon, faut vraiment que tu le soies... malade, pour ne pas te rappeler la gargotte où nous déjeûnons tous les jours !..

Rosalie, *l'interrompant.*

Voyons, Edouard, tu ferais mieux de t'occuper de ta fille... qui fait des siennes, pendant que je ne suis pas là !

Edouard

Jeanne ? allons donc !

Jeanne

Père, ne crois pas....

Rosalie, *à Edouard.*

Figure-toi qu'en remontant de chercher mes provisions, je l'ai surprise dans cette chambre... avec ce peintre... *(A Alphonse.)* Vous l'avez vu comme moi ?

Alphonse

Oh ! pour ça, oui !..

Julot

Ils mentent tous les deux !

Edouard, *à Jeanne.*

Comment, Jeanne, tu profites de mon absence pour te mal conduire ?

Rosalie

Il ose me démentir !.. Edouard, chasse ce garçon !

Alphonse

Ce qu'il a du toupet !..

Jeanne

Papa, je te jure que ce n'est pas vrai !

Rosalie

Comme elle câline son père, l'enjôleuse !.. *(A Edouard)* Tu ne ne vois donc pas qu'elle te monte le coup !

Edouard

A la fin, m'expliquerez-vous ce que veulent dire toutes ces dénégations ? On me cache la vérité ! *(A Julot)* D'abord, comment êtes-vous venu ici ?

Julot

Par la fenêtre, même que j'ai cassé ce carreau pour entrer !..

Edouard, *surpris.*

Ce carreau ?

Alphonse, *à part.*

Le voilà qui mange le morceau !.. c'est le moment de se barrer !.. *(Il remonte.)*

Edouard, *apercevant Alphonse.*

Que fais-tu ?.. Tu cherches à t'en aller ?..

Alphonse, *s'arrêtant.*

Moi ?.. non... je voulais m'assurer que personne n'était derrière la porte.

Edouard

Quelles précautions !.. (*A Julot*) Allons, parlez !..

Julot

Eh bien, oui !.. Je vais tout vous dire !..

Rosalie, *à part.*

Que va-t-il lui raconter ?

Julot

J'étais là, en train de travailler à cette fenêtre, quand j'entendis des cris... c'était votre Jeanne qu'on battait !..

Edouard

On battait ma fille !..

Julot

Casser un carreau, pénétrer dans cette chambre pour la secourir, cela fut fait en une seconde. C'est alors que Madame et Monsieur se retournèrent contre moi pour m'administrer une volée !

Rosalie

Il ment !..

Julot

Osez donc nier que lorsque, je suis venu à son secours, mademoiselle Jeanne ne criait pas : « Papa, défends-moi ! »

Edouard, *à Jeanne.*

Est-ce vrai ?.. Voyons, réponds !..

Jeanne, *avec effort.*

Oui... c'est la vérité !..

Rosalie

Je vais t'expliquer...

Edouard, *avec autorité, à Rosalie.*

Tais-toi !.. (*Prenant sa fille dans ses bras.*) Frapper ma fille !.. mon enfant !.. (*A Alphonse.*) Et toi, qui étais là... tu n'as rien dit ?

Alphonse, *embarrassé.*

Tu sais, mon vieux, on n'aime pas à se mêler des affaires de famille... faire des observations à ton épouse aurait semblé drôle !..

Julot

Oh ! pas tant de chiqué devant le monde, puisque vous tutoyez madame .. en particulier !

Edouard, *à Alphonse.*

Comment, tu tutoies ma femme !.. Jeanne, pour l'honneur de ton père, dis la vérité !... Est-ce vrai ?

Jeanne

C'est vrai !...

Alphonse, *à part.*

L'idiote !..

Rosalie, *à part.*

Petite dinde !..

Edouard

Ah ! je comprends tout !.. Elle me trompait !.. (*Désignant Alphonse.*) Avec ça ! (*A Rosalie.*) Coquine !.. tu n'es qu'une coquine !.. Va-t'en, si tu ne veux pas que je fasse un malheur !..

Rosalie

Alphonse, défends-moi !..

Alphonse, *hésitant.*

C'est que... c'est ton mari... ça ne me regarde pas !

Rosalie

Mon mari !.. allons donc ! je ne suis que sa maîtresse !

Jeanne *et* **Alphonse.**

Sa maîtresse ?..

Edouard

Eh bien, oui !.. pour mon patron, pour Jeanne, il fallait sauver les apparences... mais maintenant, je vous donne l'ordre de partir... avec votre... acolyte.

Rosalie

Oh ! pas de phrases !..

Alphonse

Pour sûr !..

Edouard

Quand on est assez lâche pour frapper une enfant, on est digne de s'accoupler ensemble !.. A la porte !..

Rosalie

C'est bon, on s'en va !.. mais avant, tu me laisseras prendre mes nippes.

Edouard, *montrant la porte.*

Plus tard !.. Sors !..

Rosalie

Soit, on se cavale !.. Tu viens, Alphonse ?

Alphonse

Pour sûr !.. (*A part*) Nourrir une femme ? Ça serait pas à faire !.. ce que je vais la plaquer !..

Rosalie, *sur le seuil, ironique.*

Au revoir, tas de gourdes !.. (*Ils sortent.*)

SCÈNE XX

Edouard, Julot, Jeanne.

Edouard, *tendant la main à Julot.*

Toi, tu es un brave garçon ! Où demeure ton père ?

Julot

Là-bas... an cimetière Saint-Ouen.

Edouard

Ta mère ?

Julot

Au même endroit... cinq rangées plus loin.

Edouard

Dans ce cas et puisque tu as défendu Jeanne, je te servirai de père.

Julot

Oh ! j'ai encore ma vieille grand'mère que je soutiens avec ce que je gagne.

Edouard

Eh bien, on ira la voir. N'est-ce pas, Jeanne ?

Jeanne

Oui, père.

Julot

Chouette ! Et quand j'aurai 21 ans !..

Edouard

Que feras-tu ?

Julot

Je demanderai... à épouser la Gosse !...

AUTEURS	TITRES DES ŒUVRES	Hommes	Femmes	Prix nets
Mize et Saintis	Crocodile a des scrupules (Le)	3	3	loc.
Guillemaud-de Marsan	Culotte à l'envers (La) d	15	10	loc.
De Roze et d'Arsay	Culotte du marié (scène) (La)	1	»	1 »
H. Duharnois	Cure Merveilleuse (La)	3	1	loc.
Saint-Paul	Dame aux bluets (La)	2	2	loc.
Lebreton-Moreau	Dans cent ans d	troupe	»	loc.
Pierre Achard	Dans l'Escalier	2	1	loc.
Sourilas	Dégrafée d	3	3	5 »
Mestre-Aubry	Demoiselle des Martigues (La) d	3	10	loc.
Cellier-Gramet	Demoiselles Plumemboy (Les)	3	4	loc.
Marc Sonal-Pierre Laurey	Départ du régiment (Le) d	5	10	loc.
St-Paul-G. Rose fils	Dernière carotte (La)	3	2	loc.
L. Lefèvre	Dernier verre (Le)	2	1	4 »
F. Barbier	Deux amours de chandeliers	1	1	b »
F. Matz	Deux avares (Les) d	2	1	6 »
Ch. Hubans	Deux coqs vivaient en paix	2	1	6 »
F. Gracia	Deux estafiers (Les)	2	»	2 »
Vallès-Garnier	Deux femmes de M. Grochose (Les)	3	2	loc.
A. Condamin	Deux heures de retard	2	2	loc.
M. Chautagne	Deux muses (Les)	2	»	4 »
F. Barbier	Deux parfaits notaires (Les)	2	»	4 »
Hervé-Lecocq	Deux portières pour un cordon d	3	»	4 »
Gribinski	Déveine (La)	2	2	loc.
Moreau-Boucherat	Diable au Moulin (Le)	4	8	loc.
Gramet-Talber	Doigt coupé (Le)	troupe	»	loc.
Léon Laroche	Domestique pour rire (Un)	1	»	4 »
G. Rose fils	Don Juan de Montmartre	3	3	loc.
Saint-Maurice	Doubles Vierges (Les) d	troupe	»	loc.
L. Bouvet-Lebreton	Drapeau du Régiment (Le)	5	4	loc
Sourilas	Drapeau jaune (Le) d	4	2	4 »
Bouvet-Sevre	Dupont et Dupont	4	3	loc.
St-Paul et Rosy fils	Durandard est un bon garçon	2	2	loc.
Dottin, Boulay-Layrice	Duriflard	2	2	loc.
L. Bouvet-Schmoll	Échange de bals	5	5	loc.
De Lannoy et Lions	Écharpe (L')	4	2	loc.
J. Domerc	École buissonnière (L')	3	»	3 »
Boulay-Layrice	École des Cocus (L')	4	3	loc.
Yver-Septmons	Eh ! Ohé ! Ladrapette ! d	2	»	loc.
Trebla-Croisier	Elle ! d	4	»	loc.
Ed. Lhuillier	Elle débute ce soir	1	1	4 »
Delaruelle	El senor Piffardino	1	1	6 »
M. de Marsan	Empire du milieu (L')	3	2	loc.
Marsay	En colonne d	troupe	»	loc.
Daunys et Morelo	Encore un déraillement	3	2	loc.
Saint-Paul	Encore une revue	4	4	loc.
Lebreton-Moreau	Enfant des halles (L') d	3	2	loc
Jallais Hubans	Enlèvement des Sabines (L')	troupe	»	loc.
Guillemaud-de Marsan	Enfants d'Édouard (Les) d	2	3	loc.
Lebreton-Duroc	Enragés d	4	4	loc.
Gribinski	En répétition	4	3	loc.
Villebichot	Entre deux jardins	1	1	4 »
Lebreton-Duroc	Entresol d'Eugène (L') d	4	6	loc.
Garnier-Vallès	Erreur de Bridouille (L')	3	2	loc.
Banès	Escargot (L')	2	3	6 »
A. Pajol	Esprits d'Argenteuil (Les)	5	2	loc.
P. Pottier R. Dubreuil	Estime du Concierge (L')	2	1	loc.
D. Dihau	Éternel roman (L')	1	1	4 »
Dourel-Roydel-Tranel	Étrennes utiles	3	2	loc.
Garnier-Vallès	Exploits de Malichard Les)	6	4	loc.
L. Bouvet-Ch. Darantière	Extras de Balochard (Les) d	4	4	loc.
St-Paul-G. Rose, fils	Fais ça pour moi	3	2	loc.
F. Beauvallet	Faites le jeu, Messieurs d	3	1	loc.
Moreau-Gramet	Famille Nitouche (La)	3	4	loc.
L. Bouvet, J. Sevry-Rosès	Family-Plage	6	4	loc.
Lebreton-Moreau	Farces du Printemps (Les) d	6	4	loc.
St-Agnan Choler	Faut du prestige (vaud.) d	3	2	loc.
Lebreton-Duroc	Faut que j'casse la g. à Baptiste d	5	3	loc.
G. Rose père	Faux cols d'Oscar (Les)	1	2	loc.
De Lanney-Lions	Félicité	2	2	loc.
Flers	Femina d	troupe	»	loc.
Ch. Gabet	Femme de Valentino (La) d	2	2	loc.
Moreau	Femmes qui fument (Les) D	7	8	loc.
F. Chaudoir	Fête à Claudine (La)	1	1	4 »
E. Duhem	Fête à M. le Maire (La)	5	2	4 »
Guillemaud	Feuille à l'envers (La)	4	1	loc.
G. Fortin - A. Doyen	Fiançailles de Toinette (Les) d	4	1	loc.
Dorfeuil-Bouvet	Fiancé des Nourrices (Le) d	4	b	loc.
Javelot	Fiancés berrichons (Les)	1	1	3 »
Soulié	Fiancés du bonnet de coton (Les)	1	1	5 »
L. Vasseur	Fichue idée d	2	1	6 »
Brigliano-Talber	Fichue situation d	4	4	loc.
Liouville	Fièvre phylloxérique (La)	3	2	4 »
Bertrié	Fille du charpentier (La)	3	1	5 »
Lebreton-Moreau	Fille du marin (La) d	8	7	loc.
Dourel, Roydel, E. Hervé	Filles de Corneville (Les)	4	7	loc.
Lebreton-Soudant	Filles de la Cantinière (Les)	7	1	loc.
Lebreton	Filles du Charcutier (Les)	3	3	loc.
Lebreton-Moreau	Fils à Papa (Le) d	4	7	loc.
Lebreton-Moreau	Fils de Gouape	4	4	loc.
Chaulieu et Battaille	Fils de M. Alphonse (Le) (vaud.) d	5	2	loc.
Duroc-Mailfait	Five O'Clock de la Baronne	7	2	loc.
Villebichot	Fleuriste et typographe	1	1	5 »
Lebreton-Talber	Foire aux nichons (La) d	7	7	loc.
Pradels-Quinel	Fosse aux ours (La)	4	4	loc.
Lemonnier	Françoise les bas bleus d	troupe	»	loc.
Moreau-Soudant	Francs-tireurs de la mort (Les)	troupe		loc.
Lebreton-Baissier	Frangine (La) d	7	6	loc.
Lévy-Merset	Fantrognon d	8	11	loc.
Lebreton-Moreau	Frère de lait (Le)	1	2	4 »
Carin-Tomy	Friper's and Cº d	5	9	loc.
Lebreton-Moreau	Friquet d	9	7	loc.
Cieutat	Furet (Le)	»	1	4 »
Moreau-Touzé	Gai gai mariez-vous l	4	3	loc.
Moreau-Darsay	Gaîtés du bastion (Les)	5	3	loc.
L. Bouvet et Arribal	Garçonnière de Dutocard (La)	3	3	loc.
Seraine	Garde champêtre de Corneville (Le)	1	«	1
L. Dottin	Gendre de M. Duplantoir (Le)	3	2	loc.
Lebreton-St-Paul	Gontran se marie	3	2	loc.
B. Lebreton-Soudant	Gosse (La)	3	2	loc.
Froyez-Colias	Grand Duc Moleskine (Le) d	6	6	loc.
Lefort	Grand papa de la chanson (Le) d	1	1	3
Rose fils et Ryvez	Greffeur (Le)	4	3	loc.
Lebreton-Blairat	Grenouille (La) d	4	2	loc.
Hervo-Merki	Grève des Boulangers (La)	5	»	1
Moreau-Marcus	Grève des facteurs (La)	2	2	loc.
M.-Brisac	Guerre aux hommes (La) d	6	7	loc.
Lebreton-Nicolaie	Gueule d'Or d	6	6	loc.
Lebreton-Moreau	Héritière des Carapattas (L') d	8	8	loc.
De Marsan	Heureux gagnant (L')	4	1	loc.
C. Roland-A. de Lorde	Hermance a de la Vertu, 2 actes d	2	1	loc.
Villebichot	Hirondelles de la rue (Les)	»	2	3 »
L. Bouvet et G. Arribat	Homme du Parc Monceau (L')	3	2	loc.
Rose fils	Homme explosible (L')	2	2	loc.
Lebreton-Blairat	Homme pâle (L') d	4	2	loc.
Lebreton-Duroc	Hôtel d'Artistes d	troupe	»	loc.
Lebreton-Duroc	Hôtel de Noblepanne d	4	4	loc.
St-Paul-Rose fils	Hôtel des Fantômes (L')	3	1	loc.
Jarantière et Bouvet	Hôtel du lac bleu (L') d	7	6	loc.
Dourel-Roydel-Josl	Hôtel modèle d	7	7	loc.
H. Barbé-de Téramond	Huissier des bons jours (l')	3	2	loc.
Autigeon-Dourel	Hypnotiseur malgré lui (L') d	3	2	loc.
Mize-Bernède	Idées de M. Coton (Les) d	3	2	loc.
C. Roland	Il était une fois d	1	1	loc.
Bessière-De Noter	Ile de Nénuphar (L')	5	2	loc.
Briollet et Tinant	Ile Jaune (L')	»	»	
De Lannoy et Lions	Indispensable (L')	2	2	loc.
Briollet et Arnould	Invalide à la tête de bois (L')	7	2	loc.
B. Lebreton et Blairat	Invalides du Mariage (Les) d	7	7	loc.
Moniot	Jacotte	1	1	5 »
Liger-Aubrun	J'ai perdu Virginie	3	1	loc.
Nargeot	Jeanne, Jeannette et Jeanneton d	2	3	8 »
Michiels	Jefque et Trinne	1	1	4 »
St-Paul	J'en ai plein le dos	2	1	loc.
Lebreton-Soudant	J'épouse ma bonne d	5	4	loc.
A. Perronnet	Je reviens de Compiègne	»	1	4 »
Yvel	Jeune homme du Tunnel (Le) d	3	3	loc.
Bernicat	Jeunesse de Béranger (La)	3	1	6 »
Lebreton-Moreau	Jocrisses du mariage (Les) d	troupe	»	loc.
R. Lebreton	Joies du divorce (Les) d	troupe	»	loc.
L. Collin	Journée aux soufflets (La)	1	1	4 »
J. Férol	J'teux de sorts (Le)	7	4	loc.
Fransois-Derys	Jules d	1	1	loc.
Herpin	Ki-Ki-Ri-Ki d	troupe	»	loc.
Soudant	Lâchée	5	1	loc.
De Marsan	Lebille est de logement	7	8	loc.
Desormes	Leçon de musique (La)	1	1	4 »
J. Clérice	Léda d	troupe	»	loc.
St-Paul	Leroy s'amuse	3	3	loc.
A. de Lorde	Lettre (La) d	1	2	loc.
Cazaneuve	Loi du pal (La) d	troupe	»	5 »
Barbé	Loup et l'Agneau (Le) d	3	3	loc.
Verneuil	Loupiot (Le)	2	»	loc.
Herpin	Lune de Miel (La) d	troupe	»	loc.
Moreau-Gramet	Ma Colonelle	2	2	loc.
Clairville fils	Madame la baronne d	1	1	4 »
Wachs	Madame le docteur	2	1	4 »
H. Montreal-H. Blondeau	Madame Méphisto d	troupe	»	loc.
Tarnemo -Colval-du Théou	Madame Tubéreuse d	10	9	loc.
Lebreton-St-Paul	Mademoiselle le Docteur	[illegible]	[illegible]	[illegible]
V. Roger	Mademoiselle Louloute	3	1	loc.
C. Fiévet H. Piquet	Magicien (Le) d	[illegible]	[illegible]	[illegible]
Bessière-Marinier	Maire et Martyr d	[illegible]	[illegible]	[illegible]
F. Lémon-L. Schmoll	Maires	[illegible]	[illegible]	[illegible]
Talexy	Maître Grelot	[illegible]	[illegible]	[illegible]
Lovavasseur	Major Baitapoil (Le)	[illegible]	[illegible]	[illegible]

AUTEURS	TITRES DES ŒUVRES	Hommes	Femmes	Prix nets
Bouvet	Major Purjotin (Le)	4	3	loc.
Moyne-Jacoutot	Mamzelle Claudinette d	3	2	loc.
T'ar Nemo-Celval	Mamzelle Culot	troupe	»	loc.
De Lajarte	Mam'zelle Pénélope d	3	1	7 »
De Champclos-Jacquin	Mamz'elle Phryné	3	1	loc.
Fransois	Mandat (Le) d	7	3	loc.
De Lorde-C. Roland	Ma Négresse d	1	2	loc.
L. Bouvet et Dottin	Mannequin (Le)	3	2	loc.
Jan Pierre et Morelo	Manœuvre électorale	3	»	loc.
H. Moreau	Marchande de Choux-fleurs (La) d	7	6	loc.
Jouhaud	Mariages riches	1	1	3 »
Moniot	Marianne et Jeannot d	1	2	8 »
Tollet-Frot	Marié sans l'être	4	»	3 »
Moreau-Duroc	Maris jaloux (Les)	5	2	loc.
Simiot	Mariés de Nanterre (Les)	1	2	4 »
Beissier-Sciama	Mars et Vénus	3	2	loc.
Millou	Matinée du Prince (La)	4	5	loc.
Moreau-Boucherat	Médjidié (Le)	3	1	loc.
Gresset-Bernard	Méfiez-vous d'Oscar d	3	2	loc.
E. André	Melon (Le) (monologue saynète)	1	»	2 »
De Marsan	Ménage Blésimard (Le)	3	2	loc.
Moreau-Darsay	Ménage Poire (Le)	2	2	loc
Desormes	Menu de Georgette (Le)	3	2	8 »
Ch Gabet	Mérite des femmes (Le) d	4	4	loc.
Soudant-Moreau	Mimi Vadrouille	troupe	»	loc.
P. Achard et F. de Pitray	Minuit et demi d	1	1	loc.
Lebreton-Moreau	Miss Kissmy d	5	5	loc.
Beissier	Miss Million d	troupe	»	loc.
Mayrargue	Modern Styl	2	2	loc.
Bessier-Moreau	Môme aux Camélias (La) d	troupe	»	loc.
Bessière-Ruffier	Môme aux grands yeux (La) d	8	6	loc.
Chassaigne	Monsieur Auguste d	1	1	3 »
De Marsan	Monsieur Babolin	3	2	loc.
De Marsan	Monsieur de chez Maxim's (Le)	3	3	loc.
Paul Vallès	Monsieur Dutrognon	4	1	loc.
E. Bessière	Monsieur l'Inspecteur	2	4	loc.
Garnier-Vallès	Monsieur ma belle-mère	2	2	loc.
L. Rivaux	Monsieur Pâtemolle	2	2	loc.
Lebreton-Moreau	Monsieur Sans Gêne d	troupe	»	loc.
G. Fortin A. Doyen	Mort vivant (Le) d	»	»	loc.
Blairat-Neuzillet	Mouche (La) d	5	7	loc.
Moreau-Touzé	Mouche du Coche (La)	4	2	loc.
Pariot, Chanteclair-Cuvelard	Moulin d'Amour (Le) d	5	3	8 »
Joly	Myope et presbyte d	1	1	4 »
Desormes	Nègre de la Porte St-Denis (Le)	3	3	3 »
L. Dottin et G. Touzé	Nègre pour rire	3	2	loc.
Dorfeuil-Moreau	Nez de Cyrano (Le) d	troupe	»	loc.
E. Lhuillier	Nez enchanté (Le)	1	1	3 »
Lebreton-Blairat	Ninie la Rouquine d	5	3	loc.
Herpin	Noce à Grospoulot (La)	5	7	loc.
F. Barbier	Noce à Suzon (La)	1	1	4
E. Beissière-Noter	Noces de Lombiston (Les)	5	2	loc.
L. Collin	Noces d'or (Les)	2	1	5 »
Sachs-Damiens-Neuzillet	Nombrikatus 1er D	5	7	loc.
Moreau-Rivaux	Nommé Baluche (Le)	1	2	loc.
De Marsan	Non Lieu d	3	»	loc.
Bouvet-Darantière	Nos bons touristes d	5	4	loc.
Lebreton-Beissier	Nos Marsouins en Chine d	7	4	loc.
Moreau-Gramet	Nos petites Chattes	3	3	loc.
Dorfeuil-Guillemaud-Dubarnois	Nos pioupious d	6	4	loc.
Lebreton-Moreau	Nos voisins d	6	6	loc.
V. Roger	Nourrice de Montfermeil (La)	2	3	6 »
Ch. Gabet	Nouvel Achille (Le) (vaud.) d	5	1	loc.
Touzé Prud'homme	Nuit de Noces de Beauflanchet	6	4	loc.
Jacobi	Nuit du 15 octobre (La) d	3	1	6 »
Rose père	Omelette au lard (L')	4	2	loc.
Dédé fils	Oncle et Neveu	3	»	3 »
Louis Bouvet	Oncle Maboulin (L')	4	4	loc.
Marc-Sonal-Gréhan	On demande des jolies femmes d	6	11	loc.
St. Paul	On parle Anglais	5	6	loc.
Bessière-Ruffier	Ordonnance bezuchet (L')	2	2	loc
St-Paul-G. Rose, fils	Ordonnance malgré lui	3	2	loc.
Berthelot-Roland	Othello chez Thaïs d	4	10	loc.
Pacra Emmecé	Où est le père	8	4	loc.
Dufils	Paille et la Poutre (La)	»	2	6 »
Boulay-Layrice	Palmé D	4	5	loc.
Billemont	Pantalon de Casimir (Le) d	7	9	loc.
A. Petit	Par autorité de Justice d	7	9	loc.
L. Rivaux	Parachute (Le)	3	2	loc.
Dorfeuil-Moreau	Paris aux Courses d	troupe	»	loc.
Febvre-Gréhon	Paris sans tailleurs	7	7	loc.
F. Barbier	Par la fenêtre	1	1	4 »
Lambert-Lebreton	Par la Gymnastique d	2	2	loc.
Henry Moreau	Partie de Campagne d	troupe	»	loc.
Ed. Lhuillier	Pasquinette	1	1	»
Bénédita-Jancourt	Pays Vierge (le) d	8	4	loc.
De Marsan	Peau Neuve d	3	3	loc.
Rose, fils	Peintre de talent	2	3	loc.
Moreau-Darsay	Pension Carabin (La)	5	4	loc.
L. Bouvet	Pensionnat St-Amour (Le)	4	4	loc.
Albert Lambert	Père Suroit (Le)	3	1	loc.
Offenbach-Roques	Péri-Colle (Parodie de Périchole)	2	1	2 50
Lebreton-St-Paul	Péril jaune (Le)	2	2	loc.
Perrault-Maty	Perruche de ma femme (La) d	4	3	loc.
Tréblat-St-Cyr	Personne	2	1	loc.
Bouvet-Schmoll	Petit Assommoir (Le) d	6	6	loc.
B. Lebreton	Petit factionnaire (Le)	4	3	loc.
L. Collin	Petit Spahi (Le)	3	3	5 »
Lebreton-Moreau	Petite baronne (La) d	6	9	loc.
Linas	P'tite bête vit encore (La) d	1	1	4 »
Moreau-St Cyr	Petite Carmen (La) d	9	10	loc.
Lebreton-Moreau	Petite colonelle (La) d	7	3	loc.
Gribinski	Petite Etoile	3	2	loc.
L. Bouvet-St-Paul	Petite Fifi (La)	3	3	loc.
Lebreton-Moreau	Petites Menichons (Les) d	troupe	»	loc.
A. Petit	Petits lapins (Les) d		9	loc.
Maurey et Jimbu	Petits Trottins (Les) d		6	loc.
Lebreton-Moreau	Petits Zouzous (Les)	troupe	»	loc.
J. Clérice	Phrynette d	5	9	5 »
Celval-Tarnemo-Gibard	Pichard d	3	2	loc.
André	Picotin (Le)	1	»	2 »
Lebreton-Beissier	Piston de Clémentine (Le)	3	2	loc.
Schmoll	Pitou	3	2	loc.
H. Alavoine	Plumechat et Cie d	4	6	loc.
H. Barbé	Plus que 1089 jours	3	»	loc.
F. Barbier	Points jaunes (Les)	1	1	5 »
Desfosser-Piccolini	Pommes d'amour (Les)	5	4	loc.
Cinoh-Verdellet	Pompier d'Endoume (Le)	troupe	»	loc
Gresset-Bernard-Lelorey	Pompier d'Ernestine (Le) d	2	2	loc.
Antigeon-Dourel	Poste restante 222 d	4	3	loc.
F. Barbier	Poupée automate (La)	1	1	5 »
St-Paul-G. Rose fils	Pour avoir la fille	4	3	loc
Fay	Pour qui le gosse ?	2	3	loc.
Lebreton-St-Paul	Pour qui volait-on ?	4	2	loc.
A. Lambert	Première brouille (La) comédie	»	1	loc.
Couturet	Premières amours d	4	1	loc.
F. Barbier	Premières armes de Parny (Les)	1	3	5 »
G. Rosefils-H. Ryver	Prestige de l'uniforme (Le)	4	2	loc.
Moreau	Professeur de chant (Le)	1	1	3 »
De Ste-Croix	Pygmalion d	1	2	4 »
Lebreton	Quatre hommes et un Caporal	5	3	loc.
Garnier-Héros	Queue du Diable (La) d	troupe	»	loc.
Delilia-Héros	Qui va à la Chasse	1	1	loc.
L. Collin	Qui se dispute s'adore	1	1	3 »
Ch. Lecocq	Rajah de Mysore d	troupe	»	8 »
Villebichot	Réponse du Berger (La)	1	1	4 »
Millou	Repos du dimanche (Le) d	2	1	loc.
Moche	Retour de Colombine (Le)	2	1	4 »
Iacoutot	Retour de Kerdrec (Le)	2	1	4 »
Meugé	Retour de Margotte (Le)	1	1	4 »
L. Collin	Retour de Musette (Le)	1	1	4 »
Antigeon-Dourel	Revanche de Verluisant (La) d	5	2	loc.
De Marsan	Revenant de la rue de la Pompe (Le)	5	5	loc.
Antigeon-Dourel-Hoydel	Revenants (Les) d	3	3	loc.
Marsèle-A. de Lorde	Rêves d'un soir	1	1	loc.
Lebreton	Revue à l'envers (La)	4	4	loc.
St-Paul	Revue interdite	4	4	loc.
Guillemaud	Rien des Agences d	3	2	loc.
Lhuillier	Risette	»	1	1 »
Ch. Thony	Robes et Manteaux d	5	9	loc.
F. Chaudoir	Roi Claquette (Le) d	3	3	6 »
Yvel et Briollet	Roi Koku (Le)	troupe	»	loc.
Desormes	Roland furieux	3	1	5 »
L. Desormes	Romance impossible (La)	2	»	2 »
Busnach	Rosière de Valentino (La) d	2	3	loc.
Michiels	Rosière d'Interlaken (La)	1	1	4 »
Ch. Gabet	Ruy Black (v.) d	7	6	loc.
Claments	Saint-Yvon (La) d	2	5	5 »
L. Rivaux	Sacré jour de l'an	6	3	loc.
L. Bouvet-G. Arribat	Sacré Jules	2	2	loc.
Briollet-Tinant	Sacré Vermillon	3	3	loc.
L. Dottin	Sauvage malgré lui	3	2	loc.
Ch. Lecocq	Sauvons la caisse d	1	1	6 »
Blairat-Felure-Bonnamy	Septième Escouade (La) d	8	7	loc.
Darantière-Bouvet	Sergent Sans-Souci (Le) d	6	6	loc.

AUTEURS	TITRES DES ŒUVRES	Hommes.	Femm.	Prix nets
R. Planquette	Serment de Mme Grégoire (Le)	1	1	8 »
Lebreton-Soudant	Serment du marin (Le)	4	2	loc.
Lebreton-Moreau	Signe de Léda (Le) d	8	8	loc.
Ouvier	Simone et Boquillon	2	1	5 »
Lebreton-St Paul	Singeries de l'Amour (Les)	5	5	loc.
Marc Sonal-H. Moreau	Six filles d'Abélard (Les) d	7	7	loc.
Lebreton-Duroc	Soir de Noce d	4	4	5 »
R. Bullières-Malfait	Soirée bourgeoise		2	loc.
Leserre	Soirée d'amateurs ... pochade	5	»	1 »
Lebreton-Moreau	Soldat !	5	5	loc.
H. Gilbert	Son Amant	2	1	loc.
Bernard-Gresset	Souffleur par amour d	3	1	loc.
Meyan	Soupirs du cœur	3	2	5 »
Briollet-Tinant	Source merveilleuse (La)	4	2	loc.
Damaré-P. Laurey	Sous-Préfet de Pézenas (Le)	4	2	loc.
Ch. Malo	Souviens-toi de Clémentine	2	1	4 »
Moreau-Darsay	Spiritisme des Familles	4	4	loc.
Tac-Coen	Suzette, Suzanne et Suzon	1	3	loc.
C. Roland et P. Berthelot	Symphonie en Jaune mineur d	1	1	loc.
A. Mesnil	T'amuses-tu Pingot	6	»	loc.
Levavasseur	Tante d'Amérique (La)	3	3	loc.
C. Roland	Ta pomme, Pâris	3	10	loc.
Wachs	Tata chez Toto	2	1	4 »
Lempereur et Primard	Témoin (Le)	3	1	loc.
Lambert-Lebreton	Terre-Neuve d	3	5	loc.
Saint-Paul et Rose fils	Terrible affaire	3	2	loc.
Marc Sonal	Théophile	2	1	loc.
B. Lebreton-E. Blairat	Tisane des Boërs (La)	4	2	loc.
Chassaigne	Toc	2	2	loc.
Hervé	Toinette et son carabinier	2	1	5 »
Bessier-de Gorsse	Tonton d	3	3	6 »
Blanchard de la Bretesche	Torero de Lolotte (Le)	5	5	loc.
M. Guillemaud	Toto la Rincette	5	5	loc.
Wachs	Totor et Titine	1	1	loc.
Hubans	Tour de Moulinet (Le) d	2	1	8 »
Bouvet-Febvre	Tournée Cabotin (La)	3	3	loc.
Cartier	Train des Maris (Le)	2	2	4 »
Moreau-Duroc	Tranquil'hôtel	5	4	4 »
Moreau-Darsay	Trente mille francs par an	2	2	loc.
Lebreton-Moreau	Treize jours d'un Parisien (Les) d	troupe	»	loc.
Lebreton-Moreau	Treizième spahis (Le) d	troupe	»	loc.
Ch. Gabet	Trésor des Dames d	2	1	loc.
Lebreton-Moreau	Trio de troupiers d	7	5	loc.
H. Gilbert	Triple alliance (La)	5	2	loc.
R. Lebreton-J. Lebreton	Trois Cousins (Les) d	5	3	loc.
Lebreton-Téramond	Trois Gosses (Les)	4	4	loc.
Bouvet...	Trois hercules pour une femme	3	2	loc.
Bessier...	Troisième trois (La)	6	6	loc.
Lebreton-Moreau	Trois Maçons (Les) d	4	2	loc.
L. Bouvet et G. Arribat	Troublante énigme	3	3	loc.
Rose fils & Ryvez	Trouvez un père	4	5	loc.
Gribinski	Truc au trottin (Le)	4	3	loc.
Guillemaud-de Marsan	Truc de Binochet (Le)	3	2	loc.
Lambert-Lebreton	Truc du Pharmacien (Le)	4	1	loc.
L. David	Tu l'as voulu d	3	1	6 »
Héros-Jost	Tziganes dans les Ménages (La) d	troupe	»	loc.
Javelot	Un amour d'épicier	2	1	4 »
Bessière	Un attentat au bois	2	2	loc.
P. Lefaure	Un beau-père criminel	3	2	loc.
Cardet-Lannoy	Un bon ami	2	1	loc.
D. Fay	Un bon tuyau	9	4	loc.
P. Henrion	Un charcutier dans les fers	1	1	4 »
De Marsan	Un client pas sérieux	4	3	loc.
Chassaigne	Un Coq en jupons	1	1	4 »
Banès	Un do malade	2	1	5 »
Wachs	Un domestique pour rire	1	1	4 »
Moreau-Gramet	Un dragon pour deux	3	2	1 »

AUTEURS	TITRES DES ŒUVRES	Hommes.	Femm.	Prix nets
L. Roy	Un épicier peu commode	4	2	loc.
J. Laurens	Un futur sur le gril	2	1	4 »
Ch. Malo	Un gendre à poigne	2	2	5 »
H. Levavasseur	Un grand criminel	4	2	loc.
Pericaud	Un hercule qui ne veut pas se rouiller	2	1	4 »
St Paul	Un jour d'audace	4	2	loc.
Cambillard	Un mariage à la force du poignet	1	1	3 »
Ch. Malo	Un mariage au flageolet	1	1	4 »
Dauphin	Un mariage en Chine d	4	1	6 »
F. Bernicat	Un mari à l'essai	1	1	4 »
Pericaud	Un mari en grande vitesse	3	1	4 »
Moreau-R. Parault	Un mari somnambule	2	2	loc.
L. Collin	Un mauvais conscrit	2	»	4 »
Blanchard de la Bretesche	Un mois de clou d	3	2	loc.
B. Lebreton-St-Paul	Un Oncle pour deux	3	2	loc.
Chassaigne	Un 1er jour de ménage	1	1	4 »
Mayrargue	Un Sauvetage	2	3	loc.
F. Barbier	Un souper chez Mlle Contat	»	2	5 »
Bernicat	Une aventure de la Clairon	2	2	5 »
Lebreton-Blairat	Une Consultation d	4	3	loc.
Garnier-Vallès	Une Corbeille de Noce	5	3	loc.
E. André	Une drôle de Marquise	2	1	3 »
Claments	Une étoile d'antichambre d	2	1	5 »
Jouhaud	Une femme du quart de monde	2	1	1 »
Villebichot	Une femme qui bégaie d	3	2	5 »
L. Roques	Une femme tombée du Ciel	1	1	5 »
Villebichot	Une fille à trucs	3	1	4 »
Liouville	Une fille en loterie	2	1	4 »
Touzé-Monjardin	Une intrigue chez les Mouchamiel	2	1	loc.
Desormes	Une lune de miel normande	1	1	4 »
L. Collin	Une mariée sans mari	1	1	4 »
Ed. Lhuillier	Une marine à la vapeur	1	1	3 »
Desormes	Une mauvaise connaissance	3	2	5 »
Moreau-Darsay	Une mauvaise nuit	2	2	loc.
Moreau-Dorfeuil	Une nuit de Paris d	troupe	»	loc.
Bouvet-G. H.	Une nuit chez les Grafouillot d	4	3	loc.
Duhem	Une partie à Robinson	2	2	4 »
L. Martin	Une partie de pêche	5	4	loc.
Wachs	Une pleine eau à Chatou	2	1	4 »
Bernicat	Une poule mouillée	1	1	4 »
Lebreton-St-Paul	Une Rosserie	2	2	loc.
De Paniagua	Une sale Histoire d	3	2	loc.
Chassaigne	Une table de café	2	»	4 »
Robillard	Une tempête conjugale	1	1	4 »
Liger-Aubrun	Urticaire (L')	4	1	loc.
Habrekorn-Latouretie	Vache à Palu (La) d	4	1	loc.
R. Planquette	Valet de cœur (Le)	1	1	4 »
St-Paul	Vase de Soissons (Le)	3	2	loc.
J. Walter	Végétariens (Les) d	7	2	loc.
Robillard	Vengeance de Ramolli (La)	2	1	4 »
L. Roques	Vénus infidèle (Retour de mars) d	1	2	4 »
Autigeon	Vie de garçon (La) d	6	16	loc.
Lebreton-Moreau	Vierges du chahut (Les) d	5	0	loc.
Bouvet-Arribat	Vieux, le Melon et le Rat (Le)	4	3	loc.
Moreau	Villa des Gaffes (La) d	6	6	loc
Lebreton-St-Paul	Vingt-cinq minutes d'arrêt	2	2	loc.
Burani-Planquette	Vingt-huit jours de Champignolette d	6	4	loc.
Vallès-Talber	Vingt-huit jours de Gerenflot (Les)	7	3	loc.
Ratoée-Bordeaux	Vive la Classe d	6	8	loc.
Normand-Vallès	Vive les Bleus	7	4	loc.
Lebreton-Moreau	Vocation d'Isoline (La)	1	2	5 »
Jacobi	Voilà l'plaisir, mesdames	1	1	4 »
Ch. Hubans	Voiture à vendre d	2	»	4 »
Lebreton-Moreau	Volontaire de 92 (Le) d	7	2	loc.
Tac-Coen	Volontaire et vivandière	1	1	4 »
P. Talber-Delattre	Volupté des dames (La)	4	3	loc.
Guy-Nery-Marius	Zidore d	6	7	loc.